1일 1고양이를 선물합니다

365일
고양이 일력

이용한 글+사진

예담

1일 1고양이를 선물합니다

365일 고양이 일력

초판 1쇄 발행 2017년 11월 10일 초판 3쇄 발행 2017년 12월 27일

지은이 이용한 펴낸이 연준혁
출판 2본부 이사 이진영 출판 6분사 분사장 정낙정 책임편집 조현주

펴낸곳 ㈜위즈덤하우스 미디어그룹
출판등록 2000년 5월 23일 제 13-1071호
주소 경기도 고양시 일산동구 장항동 정발산로 43-20 센트럴프라자 6층
전화 031) 936-4000 팩스 031) 903-3895 홈페이지 www.wisdomhouse.co.kr

값 17,800원 ISBN 978-89-5913-598-1 02810

이 도서의 국립중앙도서관 출판예정도서목록(CIP)은 서지정보유통지원시스템 홈페이지(http://seoji.nl.go.kr)와
국가자료공동목록시스템(http://www.nl.go.kr/kolisnet)에서 이용하실 수 있습니다.(CIP제어번호: CIP2017026562)

365일
고양이와
함께

처음 고양이책을 내면서 "고양이에게 신뢰받지 않고는 신뢰할 만한 고양이 사진을 찍을 수 없다."고 머리말에 쓴 적이 있습니다. 이 말은 10년째 고양이 작가로 살면서 내가 늘 되뇌는 원칙이기도 합니다. 그로 인해 어떤 고양이는 처음 사진을 찍기까지 3개월이나 걸린 적도 있습니다. 고양이가 사람을 믿지 못해 경계하거나 도망을 다닌다면 사진에도 똑같이 그런 장면만 가득할 것이기 때문입니다. 나는 되도록이면 사람을 의식하지 않고 자연스럽게 놀고 자연스럽게 행동하는 자연스러운 고양이의 일상을 담아내고 싶습니다.

사실 한국에서 많은 고양이는 천대와 멸시 속에 살아가지만, 그렇지 않은 고양이도 엄연히 존재합니다. 고단한 삶 속에서도 순간순간 묘생을 즐기거나 당당하게 자신의 매력을 뽐내는 고양이도 있습니다. 특히 정기적으로 급식을 받는 고양이들은 먹이를 찾으러 다니는 수고를 던 만큼 자신만의 취미와 여가를 즐기곤 합니다. 알려져 있듯 고양이만큼 놀이와 낭만을 즐기는 동물도 드뭅니다. 고양이에게 밥을 주고 나서 그들과 함께 시간을 보내다 보면 그들의 그런 유흥과 여유를 고스란히 엿볼 수가 있습니다. 개인적으로 가장 좋아하는 '포토타임'도 바로 이 시간입니다. 흔히 사람들이 "어떻게 그런 장면을 찍을 수가 있죠?"라며 궁금해하는 대부분의 사진도 바로 이 순간에 나온 것들입니다.

모두모두 해피 뉴 이어~

고양이 사진을 찍어오면서 사실 오래전부터 책과는 다른 형태의 작업을 꿈꾸어 왔습니다. 그리고 이번에 그 꿈의 일부를 실현하게 되었습니다. 바로 고양이 일력(만년 일력)입니다. 누군가 고양이 달력에는 언제나 대중용 포즈뿐인 고양이만 있다고 했지만, 꼭 그렇지만은 않다는 것을 보여주고 싶었습니다. 일터에서 학교에서 언제 어디서나 고양이를 만나고 싶은 사람들과 함께, 고양이가 전하는 위로와 공감을 나누고 싶었습니다. "나만 고양이 없어!"를 외치는 랜선 집사들도 매일매일 귀여운 고양이를 만날 수 있었으면 좋겠다고 생각했습니다. 1일 1묘도 좋고, 1일 다묘(여러 마리 고양이가 등장할 때가 많으니까요)도 좋고, 365일 하루에 한 장씩 매일 만나는 고양이.

365장의 고양이 사진은 계절감을 우선적으로 고려해 시의적절한 고양이 사진을 자연의 변화와 흐름에 따라 선별했습니다. 지난 10년간 길에서 만난 고양이와 길에서 만난 풍경을 하루하루 차곡차곡 일력에 담았습니다. 사진만 보여주는 것은 어쩐지 허전해서 한 장 한 장의 사진마다 애정을 담은 멘트도 살짝 곁들였습니다. 누군가 공감하면 다행이고, 웃음과 위로가 되면 더욱 좋겠습니다. 이를 통해 누군가 고양이를 좋아하게 되고, 한 사람이라도 더 고양이에게 따뜻한 손길을 내밀게 된다면 정말 좋겠습니다. 그래서 한 마리의 고양이라도 더 행복해진다면 더할 나위 없겠습니다.

이용한

DEC | 31

모두모두 새해 복 많이 받으라냥~

나 지금
무서워서 이러는 거
절대 아니다.

오해 마라.

DEC 30

JANUARY
01

새해가 밝았습니다. 부디 올 한 해도
이 세상 모든 고양이들의 무사 안녕을 빌어봅니다.
겨울은 혹독해서 천지간의 모든 것이 얼어붙고,
폭설이 내리고, 눈보라가 칩니다.
고양이들은 저희들끼리 체온을 나누며 고양이라는 극한직업을 온몸으로
견딥니다. 어떤 고양이는 찬바람 속을 걸어 먹이를 구하러 가고,
어떤 고양이는 폭설에도 아랑곳없이 설원을 뒹굴며 여가를 즐깁니다.
당당함으로 두려움과 맞서고, 특유의 호기심으로 의구심을 떨쳐냅니다.
그들은 마치 인간에게 이렇게 말하는 것 같습니다.

"그러니까 너희도 살아. 살아서 우리에게
좀 더 따뜻한 손길을 내밀어줘."

눈이 내려도

감나무 캣타워는
성업 중!

1월 1일에 고양이 세배하면

간식을

세 배로 주는 거

맞냐옹?

JAN
01
신정

집사들아,

나에게

힘
을

줘!

폭설을 뚫고
급식소에 도착했어요.

DEC | 27

눈이 와서 나가기 싫다냥!

JAN
03

오늘은 기분 좋게
아침부터 월척이다옹!

DEC 26

세상에는

눈 을 좋 아 하 는
고양이도 있는 법이다.
눈 을 싫 어 하 는
개가 있는 것처럼.

JAN
04

모두모두
따뜻한
크리스마스
보내세요~.

DEC | 25
성탄절

폭설 속

런

웨

이!

"나만 애인 없어!"를 외치는
외로운 인간들아,

나 에 게   오 라 .

올해의 목표
이런 거
세우지 말고,

올 한 해
재미있게
살자!

JAN
06

속앓이만 하지 말고
은근슬쩍
마음을 전하세요.

캣타워는

마당에 있는
감 나 무 캣 타 워 가
진리!

연말연시에 불우이웃을 떠올리듯 길에서 살아가는 고양이들을 생각합니다.

고양이만큼 유흥을 좋아하는 동물도 없을 거다.
정기적인 급식을 한다면
그 들 의 유 흥 을
맘껏 볼 수 있다.

비가 오나 눈이 오나 언제나 한결같이 곁을 지켜준 사람이라면
마지막까지 함께해도 좋은 사람이다.

젖은 발은 말리고, 언 발은 녹이고, 덤으로 엉덩이 찜질까지~

겨울에도 고양이가
항아리를 좋아하는 이.유.

JAN
09

고 양 이 는   기 다 린 다 .

아깽이는 엄마 고양이를
배고픈 고양이는 캣맘을,
모든 고양이는
안전하고 행복한 세상을….

DEC | 20

관할구역

순 찰 중.

JAN
10

DEC | 19

겨울엔 원래 이 정도 눈이 오고 추운 거 아니냥?
이런 걸 다 이겨내야 나 같은 베테랑 고양이가 되는 거다냥!

할머니!
이렇게 눈도 왔는데,
뭐 이런 걸 다 주시면

고
　맙
　　습
　　　니
　　　　다.

JAN
11

추 우 니 까 ,

우리 꼬옥 붙어 있자.

고양이적으로

캔 하나 따주고

너무 오래
만지고 있는 거
아니냥?

춥다고 이렇게 집 만들어주고,
이불 깔아준 캣맘 누나

고 맙 습 니 다 .

DEC | 17

열심히 일한 당신,
우리에게
먹 을 걸
바쳐라.

JAN
13

괜찮아, 괜찮아!
이깟 폭설 따위.

DEC | 16

우리가 원하는 건 무한한 사료와 사랑!

JAN

14

급식소에도 폭설이

내렸어요.

DEC | 15

으랏차차,
출근 준비 끝!

DEC | 14

분위기 잡고 앉아 있다만,

춥고

눈발 날리고

분위기 영 안 좋다.

JAN
16

DEC | 13

고양이가 노는 걸 자세히 보면,
매번 오버하는 고양이가 오버하는 경향이 있다.

체념할 줄도
알아야 해.

오늘은 눈이 왔고,

삼 순 이 와 의   약 속 은
내 일 로   미 루 면 · · ·

안 되는데,
어쩌지?

JAN
17

어릴 때는
눈밭에서 놀아도
추운 줄 모른다.

이왕이면
달력 사진처럼
예쁘게
찍어주세요

JAN
18

고양이가 눈을 싫어하는 건 맞지만,
어디 좋아하는 것만 하면서 살 수 있나요

고양이에게도
저마다의
취미생활이
있다。

JAN
19

그래, 무사히 겨울을 나려면
체력 단련도 하고, 뱃살도 좀 찌우고.

DEC | 10

JAN
20

아 유 , 괜 찮 아 유 ~

이번에 못 잡으면
담에 잡음 되지유, 뭐.

따라와! 오늘 점심은 내가 쏜다.

JAN
21

여러분은 지금
턱시도가 삼색이의 뒤통수를 때리기
1초 전 상황을 보고 계십니다.

DEC | 08

디저트는 눈꽃빙수로.

JAN
22

모든 고양이들은 자기에게
관심이 집중되는 것을 좋아한다.
피터 그레이

하,
뭔 눈이 이리

쏟
　아
　　진
　　　다
　　　　냥?

이런 날
외근이라니!

JAN
—
23

혹독한 한파보다 견딜 수 없는 건
사람들의 차가운 시선이다.

첫눈을 대하는
고양이의 자세.

DEC | 05

이렇게 폭설이 내린 날에는
전국에 출근 금지령이라도 내려야 하는 거 아니냥?

JAN
25

생애
첫 겨울,
첫눈.

DEC 04

제 눈곱 하나 뗄 줄 모르는 것들이
서로 그루밍 품앗이를 해주는 거 보면
얼마나 하찮고 귀여운지.

싸우는 거 아님! 어리광 부리는 중!

DEC | 03

좋은 일이
생길 거야,

반
　드
시.

그렇게 믿지 않으면
너무 우울하잖아.

날이 추워도

씩씩하게 입김 불며

세 수 한 다 냥 !

고양이는

외 모 만 으 로

사람을 판단하지 않아.

간 식 으 로

판단하지.

JAN
28

첫눈에 찍힌

고 양 이 꽃 도 장 .

아무것도 모르는 아깽이가
제법 당당한 눈빛으로
빤히 쳐다보면……

귀엽습니다.

JAN
29

DECEMBER
12

생애 첫 겨울을 맞은 고양이들은 갑자기 추워진 날씨와
난분분 날리는 첫눈에 얼떨떨합니다. 분명 고양이에게 겨울은 묘생의 고비이고
위기입니다. 불우이웃을 생각하듯 거리의 불우한 고양이에게도
따뜻한 손길을 내밀어보세요. 고양이에게는 손을 내미는
당신이 산타클로스이고, 구세주입니다.
사실 먹이만 해결된다면 고양이의 겨울나기는 한결 수월해집니다.
먹이 걱정을 던 고양이는 눈밭에서도 발랄함을 잃지 않고,
찬바람 속에서도 귀여움을 포기하지 않습니다.

고양이와 공존한다는 것은 단순히 함께 산다는 의미가 아니라
고양이의 처지를 이해하고 도움의 손길을 보낸다는 것입니다.
더 많이 가진 우리가 가진 것 없는 그들에게 형편껏 나눠준다는 것입니다.

우리는 서로 '가지 않은 길'을
가기로 했습니다.
프로스트의 시처럼 지금의 선택이
모든 것을 바꿔놓을지라도….

아기 고양이만큼

겁 없는 탐험가는

이 세상에 없다.

질 샹플뢰리

웃지 않으면 울게 된다.

벨기에 속담

겨울은 깁니다. 몇 차례 눈이 더 내리고, 혹한은 계속됩니다.
추워도 삶은 계속되어야 하므로 어느 골목에선
사륵사륵 고양이가 눈 밟는 소리가 들려오고,
사료를 건넨 후 총총 사라지는 캣맘의 발자국 소리도 들려옵니다.
눈밭에서 성급한 발라당을 하는 고양이가 있는가 하면,
나무에 올라 호연지기를 키우는 고양이도 보입니다.
도무지 끝날 것 같지 않은 겨울도 이제 끝이 보입니다.

쌓였던 눈이 녹고, 얼었던 강물이 풀리고,
고양이들도 덩달아 마음이 분주해집니다.

고양이는 감정적으로 완전히 솔직하다.
인간은 이런저런 이유로 감정을 숨기지만 고양이는 그렇지 않다.

어니스트 헤밍웨이

혼
자
서

장독대를
독차지했구나!

February
——
01

엄마와 함께라면
세상 어디든 갈 수 있어!

NOV
27

만만하게 생각하고
발을 디뎠지만,
생각보다 깊이 빠지자

순간 당황.

지금은
세상 모든 것이
궁금하고
신기할 때다!

NOV
26

북한강과 남한강이 만나는
두물머리 한복판에서,
그것도
얼음 위를 걷는 고양이를
만날 줄이야.

삼색이 보살님,
점심 공양은 하셨나요?

배고플 땐 밥 사주는 친구가 최고
심심할 땐 같이 놀아주는 친구가 최고.

February
04

인간 몰래
고양이는
걸어다니지.

나 지금
중요한 일을 처리하느라
앉아 있는 거니까,
관심 꺼주세요.

February
05

얘들아! 어디 가지 말고, 흩어지지 말고,
거 기 서   엄 마   올   때 까 지
기다려야 해, 알았지?

폭설이 내려도 괜찮아.
여긴 급식소이고 안전한 곳이니까.

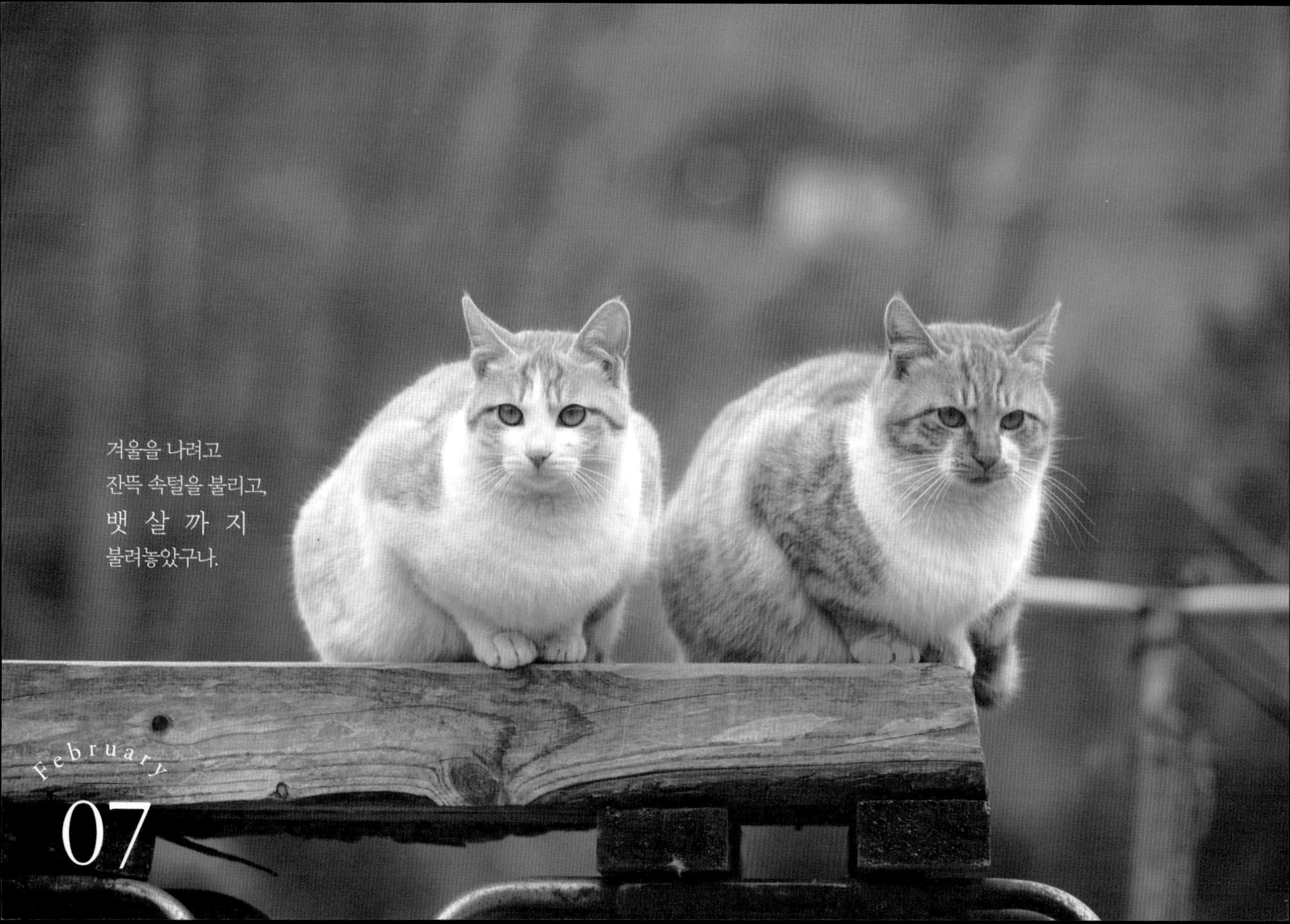

겨울을 나려고
잔뜩 속털을 불리고,
뱃 살 까 지
불려놓았구나.

February
07

아무리 한배에서
나왔다지만
어쩜 이렇게
판박이처럼
똑같이 생겼을까.

NOV

21

좋고 나쁜 고양이가 따로 있는 것이 아니라 고양이를 좋아하거나 싫어하는 사람이 따로 있을 뿐이다.

February

08

NOV

20

고양이에게 호의적인 역장과
승객들만 있다면

우리도 얼마든지 이런 역전 풍경을 만날 수 있습니다.

다정한 고양이식 인사법.

NOV

19

그렇게 빈손을 내밀면 내가 갈 거 같냥?

February

10

처음 보는 낯선 인간에게서
뭔가 익숙한 냄새가 난다.

아무리
애를 써도

잡을 수 없는

것들이 있다.

"인간과 고양이는
벌써 일만 년이나 함께 살아왔어.
그래서 고양이와 내내 같이 있다 보면,
인간이 고양이를 키우는 게 아니라
고양이가 인간의 곁에 있어줄 뿐이라는 걸
차츰 깨닫게 된단다."

가와무라 겐키, 〈세상에서 고양이가 사라진다면〉 중에서

NOV
/
17

누구냐, 넌?

역시 기왓장 위가 따뜻하니 찜질하기 제일 좋다냥!

NOV
16

길을 막는 건 좋은데,
눈밭에 그렇게
철퍼덕 엎드리면
안 춥니?

February
13

묘생은 쓰고,

사료는 맛있다.

NOV

15

엄마가 그랬지.

아무리 춥고 귀찮아도
고양이는 깔끔해야 한다고.

올
라
갈

때
는

내려올 때를
생각하지 않는
법이지.

NOV

14

"거기 아무 데나 내려놓고 가!"
이 녀석들, 밥 배달 왔는데 눈길도 안 주네.

까치밥의 연쇄효과.

까치밥이 까치를 부르고,

까치가 고양이를 부른다.

NOV

13

여자와 고양이는 자기가 좋을 대로 행동한다.
그러니 남자와 개는 느긋한 마음으로
그들에게 익숙해져야 한다.

로버트 앤슨 하인라인

NOV
12

폴란드 고양이의 날.
고양이의 날이 있다는 것은 그만큼
고양이를 사랑한다는 것.

냥독대의 가을 풍경.

NOV

11

내 윙크 한 방에
안 넘어오는 암컷이
없었다옹!

그루밍하는 고양이 어깨에
자 작 나 무 가   살 짝
나뭇잎을 얹어놓았다.

왕초에겐 주먹이 생명이니까, 잘 다듬어야지.

어떻게든 되겠지.
안 되면 말고

"아가야,
끝까지 경계심을
늦춰서는 안 돼!
친절을 베푼다고
덥석 인간을 따라가서도
안 돼! 알았지?"

"응, 엄마!
그래도 주는 사료는
받아먹자, 엄마!"

굿 모 닝 키 스

NOV
08

기다림 끝에 캔이 온다고 했으니

조 금 만 더 기 다 려 보 자 .

고양이들이 우주와 교신하는 걸 내가 똑똑히 봤다냥!
먼 하늘에 대고　＂ 캬 르 르　 캭 캭 ！＂
하면서 무슨 정보를 주고받는 거 같았다냥!

일본 고양이의 날.
일본어 '2'('니'라는 발음)와 고양이 울음소리인 '냐'의 발음이 비슷해
2가 가장 많은 2월 22일을 고양이의 날로 정했다고 한다.

이른 아침,
산골짜기에 안개가 몰려와
고양이들 모두
안개에 잠긴다.

NOV
06

냥이야, 조금만 더 참으면 봄이 올 거야.

February

23

아——

올해 단풍은 별로야.

집에나 가야지.

NOV

05

February
——
24

지금
만나러
갑니다.

고 양 이 도

단 풍 구 경 .

NOV
04

오늘은
기분이
메롱하다냥!

February
25

서울 고양이들에게도
낙 엽 침 대   하 나
놔드려야겠어요.

태초에 신이 인간을 창조하였으나
· · · · · ·

인간이 너무 무기력하게 있었으므로
그에게 고양이를 주셨다.

위렌 엑스타인

잠시 혼자 있고 싶어요

가 을 이 니 까 .

NOV

02

오늘도 무사히.

이렇게 두 손 모아 빕니다.

고양이가
이렇게 운치 있는
동물입니다.

NOV
01

높은 곳
　너무 좋아하지 마라.

높은 곳일수록
　더 위험할 뿐이다.

NOVEMBER
11

고양이만 있다면 낙엽이 진 길도

쓸쓸하지 않습니다.

이맘때 마당고양이들은 마당 한쪽에

낙엽을 모아 쌓아놓으면 어김없이 그곳에 올라가 있습니다.

고양이들에겐 이것이 따뜻한 낙엽침대가 되는 셈이죠.

얼추 낙엽도 다 지고 서리까지 한두 번 내리면

고양이들도 속털을 불리며 겨울을 준비합니다.

일찍이 겨울을 경험했던 선배 고양이들은 후배 고양이들을 앉혀놓고

겨울나기 노하우를 전수하느라 당분간 입에 침 마를 날이 없겠습니다.

4년에 한 번 돌아오는 2월 29일이 생일인 친구에겐
네 배의 선물과 네 배의 축하를 건네야 한다냥!

October
31

데구르르 뒹구르르 낙엽도 고양이도 뒹구는 가을.

March
03

한바탕 꽃샘추위도 지나가고,

고양이의 메마른 묘생에도 꽃이 핍니다.

그늘에 쌓였던 잔설도 녹아내리고, 개울에는 어느새

버들개지가 노랗게 피어납니다.

누가 뭐래도 봄은 고양이의 계절입니다.

겨우내 웅크렸던 고양이들도 기지개를 켜고 양지바른 곳으로 나와

저마다 일광욕을 합니다. 고양이의 눈에도 생기가 돌고 발랄한 기운이 감돕니다.

들판에는 노란 꽃다지와 민들레꽃이,

산비탈에는 진달래와 산수유가 다투어 피어납니다.

드디어 벚꽃마저 꽃망울을 터뜨리기 시작하면

고양이의 계절도 절정으로 치닫습니다.

왜 이제 왔냐~옹?
한참 기다렸다~옹!

October

30

삼일절이기도 한 오늘은
러시아 고양이의 날.
알려져 있듯
러시아는 러시안 블루의 고향.

MAR

/01
삼일절

$October$
29

미국 고양이의 날.
고양이로 태어난 것을 축하하고,
고양이의 입양을 돕기 위해 제정되었다.

하늘이시여!
귀여운 우리에게
캔과 츄르를
함께 내려주시면

정말 잘 먹겠습니다—.

MAR
/
02

호박 같은
내 얼굴이
어때서!

October
28

고만고만한 것들이 고만고만하게 놀고들 있다.

MAR

03

영국의 검은 고양이의 날.
검은 고양이의 차별을 극복하자는
취지에서 만든 기념일이다.

언니 오빠들, 오늘도 적당히 파이팅.
지나친 파이팅은 오히려 건강에 해로울 수 있으니 적당히…

은행나무가 노랗게 물들어가는 한때.

어느 봄 제주도에서 만난 지붕 위 가족은
꿈인지 생시인지 아직도 아득하기만 하다.

MAR
05

은행잎이고 뭐고,
내 눈엔 땅콩만 보여.

october
25

이것이 바로
유전자의 힘.

자작나무에
단풍이 들기 시작하면

고
양
이
가

알아서 올라가
포즈를 취한다.

October
24

무·념·무·상.

난 갈 길을 가련다.

냐핫!

그 정도 점프로
뱃살이 빠지겠냐옹?

MAR / 07

넌 단풍여행 가냐?

난

단 풍 이 나   베 고
누 우 련 다 .

저기 봐봐! 봄이 오고 있어.

MAR
/08

떠나요! 둘이서 단풍여행.

October

22

고양이가 높은 곳으로

올 라 가 려 는 이 유 는

다른 모든 동물들을
내려다보기 위한 것이다.

K.C. 버핑톤

MAR
09

기 다 림 은

만 남 을 목 적 으 로
하 지 않 아 도 좋 지 만 ,

맛 난 거 를 목 적 으 로
하 는 건 괜 찮 다 옹 !

October
____
21

기지개를 켜고,
오늘도 하루를 시작해보자냥!

MAR
10

센 티 멘 털

삼 색 이 .

너도 없는데,

유채꽃이 피었다.

감나무엔 감이 익어가고,
고양이는 담장에 올라 장에 가신 할머니를 기다린다.

봄날의 보리밭 데이트.

MAR

12

노랑노랑한 가을.

October
18

자세히 본다고 알겠냐.
꽃이니까 그냥 예쁘다.
고 양 이 니 까　그 냥　좋 다．

MAR

13

지리산 산중마을을 여행하다 만난 빈티지 삼색이.

예쁘게 화장하고
봄 나 들 이
나왔습니다.

MAR

14

화이트데이

낮잠에 취해,

가 을 에

취 해 .

이 광활한 우주에서 당신과 내가 만났다는 것, 이보다 더 큰 기적은 없습니다.

October

15

평범한 새끼고양이가 다섯 살 먹은 꼬마보다 더 많은 질문을 던진다.

칼 밴 벡턴

보잘것없는 꽃이지만, 당 신 에 게   드릴게요.

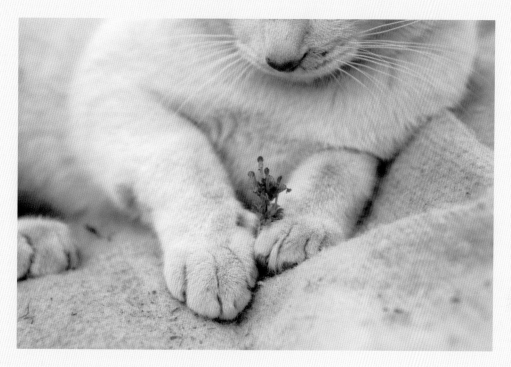

마루에 앉아서　가 을 을　본 다 .

날이 좋아서,

　　　　날이 적당해서,

　　　　　　　낮잠 자기 좋았다.

살짝 굴리면 굴러갈지도……

October
13

귀여움이 세상을
지배하는 날이 온다면,
인간도 고양이의 지배를
받게 될 거다옹!

MAR
18

고양이 전용 의자. 부럽냐옹?

고양이도
버들개지가
좋은 게지.

MAR

19

이렇게 반겨주는 고양이,

다 들   있 으 시 죠 ?

이맘때 남쪽 마을에선
　　　어　느　하　릴　없　는　고　양　이　가
동백　아래　앉아 있겠다.

MAR
/
20

기왕 내민 손가락이니 까짓 거
그루밍은 해주겠다냥!

October
10

자,
그만 어깨를 펴고
당당하게 걸어갑시다.

당신이
당당하지 않을 이유가
없습니다.

MAR

21

당장 할 수 있는 일부터 시작하세요.

화분에 물 주기,

고양이에게 밥 주기,

"미안해."라고 말하기.

MAR
22

October

08

단풍 구경 대신 고양이 구경.

나랑 눈을 맞춘 이상
그냥 가기 없다옹!
세상에
공짜가 어디 있냐옹!

MAR
23

October

07

고양이 보살님은 묵언 수행 중이십니다.

난 발라당 없이 미 모 로 승부하겠다냥!

저 인간,

먹을 거 줄 거 같냐,

안 줄 거 같냐?

나른한 봄날 오.후.

MAR
25

아무래도
화분 분갈이할 때가
된 것 같은데!

노랑이 너머로 산수유꽃이 피어서
세 상 이 온 통
노 랑 노 랑 하 다 .

내 마음이 왜 이러지.

가 을

타 나 ?

지붕 높이
올라가
봄을
맞이합니다.

MAR

27

당신이 고양이를 싫어한다면
나는 당신을 싫어하게 될지도 모른다.

레이먼드 챈들러

산수유나무에 올라
꽃구경 중인
낭만고양이.

MAR

/

28

오늘은 아침부터

분 홍 분 홍 합 니 다 .

절 . 묘 . 하 . 다 .

햇살 가득 싸움하기 좋은 날이구나!

OCTOBER
10

푸르기만 했던 산천초목의 빛깔이 울긋불긋 물들어가기 시작합니다.

단풍이 들 무렵의 고양이는 어디에 있든 그림 같습니다.

특히 노랗게 물든 은행나무 아래서 단풍을 구경하거나 아예 나무에 올라가

노란 잎들 사이를 가로지르는 고양이를 보고 있으면

저절로 입가에 웃음이 번집니다.

노랗게 반짝이는 자작나무 잎과 고양이의 조합도 멋지고,

빨갛게 타오르는 단풍나무와 고양이의 만남은 정말 환상적입니다.

고양이는 낙엽이 쌓여 마치 낙엽융단을 깔아놓은 듯한 한적한 길을 특별히 좋아합니다.

녀석들은 낙엽 위에서 뒹굴고 장난치고 우다다를 하다 지치면

낙엽길 위에 그냥 널브러져 낮잠을 잡니다. 이런 평화로움을

전국 어디서나 흔하게 만날 수 있었으면 좋겠군요.

노란 개나리꽃 배경에는
역시 까만 턱시도가 제격이다.

MAR
31

먹
　물
이

멋지게
묻은

너의 꼬리!

꽃불이 번지듯 온 세상이 꽃으로 가득합니다.

급식소에서 배불리 밥을 먹은 고양이들은

저마다의 취미생활과 여가로 분주합니다.

사뿐사뿐 꽃밭을 거닐며 산책을 즐기는 고양이,

벚꽃 날리는 나무에 올라 꿀벌을 쫓아다니는 고양이,

목련 꽃잎이 하얗게 깔린 나무 아래서 발라당을 즐기거나

서로 뒤엉켜 장난치는 고양이, 공연히 마음이 싱숭생숭해

뒤늦게 짝을 찾아 나선 고양이.

한쪽에선 유유자적 여유 만만이고, 한쪽에선 시끌벅적 난리 법석입니다.

어느 쪽도 나쁘지 않고, 그저 보기만 해도 흐뭇한 풍경입니다.

고양이로 인해
코스모스가 더 돋보인다.

개 나 리 가 피 고,
새 순 이 돋 고,
고 양 이 는 나 른 하 고.

시골 급식소의
흔한 풍경.

오늘도 힘차게
날아보자.

APR | 02

숲을 뒤로하고
가까운 고양이에게 초점을 맞추면
자연스러운 빛망울(보케 현상) 사진을
얻을 수 있습니다.

SEP
27

APR | 03

얼굴이 땅기고
건조할 때는
천 연 보 습 제 침 을
발라주면 좋다냥!

고양이를 이해하려 애쓰는 과정에서
우리는 사실 자신에 대해 알게 된다.
샘 칼다. 〈그 남자의 고양이〉 중에서

SEP

26

어느 하수구의 봄

고양이가 앉아 있는 것만으로도 골목이 정겨워 보인다.

SEP
25

나 보기가 귀여워 가실 때에는　사 뿐 히　캔 이 라 도　내려놓고 가시옵소서.

APR | 05
식목일

그루밍하는 고양이만
보고 있어도

마음이 노글노글해진다.

고양이꽃이 피었습니다.

APR | 06

제 눈곱도 못 떼는 엄마지만
아깽이 그루밍은 잊지 않는다.

앞으로도
우리

꽃길만 걸어요.

오 늘 도 수 염 이

바 람 에 스 치 운 다 .

SEP

22

봄날의 고양이를 좋아하세요 ?

APR | 08

저 어린 것이
그루밍을 해보겠다고
엄마가 하는 것은
다 따라 한다.

APR | 09

다음 생에는 고양이가 되고 싶다.
하루에 20시간을 자고
먹이를 기다리고 싶다.
눌러앉아 빈둥거리며
내 엉덩이나 핥고 싶다.

찰스 부코스키

SEP
20

APR | 10

벚꽃 구경하는 낭만고양이·············· 는 무슨,
벌 잡으러 올라왔다냥!

잠을 잘 때도
절대 우아함을 잃어서는 안 돼!

상춘화묘도

賞春花猫圖

너 참 예쁜 옷을 입었구나.

SEP

18

꽃구경, 아직 늦지 않았어요
텃밭에만 나가도 꽃이 지천입니다.

사이좋은 연인사
우당당카 ♥

"안녕!"

고 양 이 가

나 에 게

손을 흔들었다.

APR | 13

내 얼굴 좀
작게 찍어주세요.

SEP
16

APR | 14

온실의 화초보다는 야생의 잡초가 될 거야!

여긴 우리가 먼저 차지했으니, 딴 데 가보슈.

숨바꼭질하자고 해놓고선 출근하는 집사 마음
나 도 안 다 옹 !
알면서도 숨바꼭질해주는 고양이 마음
집 사 들 은 모 를 거 다 옹 !

APR | 15

고양이와 함께 보내는 시간은
결코 낭비가 아니다.

콜레트

고양이와 민들레의
컬래버레이션.

APR | 16

공 · 공 · 칠 · 빵! 으 악 !

더 격렬하게
아무것도
안 하는 중.

등산 초행인 것 같은데,

우리한테 입장료 내는 거 맞다옹!

SEP
12

싫다는 고양이 머리에
억지로 꽃을 얹으면…,

귀 엽 습 니 다 .

내년부터 의무적으로
1인 1고양이 돌보기가 시행된다는
9시 뉴스를 보고 싶다.

고양이는 세상의 모든 물건을 놀이의 도구로 삼는 능력이 있다.

이 정도 인내를 가지고 기다렸으면
이제 눈치껏 캔을 따라.

서서 결심한다.
나는 눕는다.
그리고
그 결심을 취소한다.
에밀 시오랑

APR | 20

한국 고양이의 날. 2009년 9월 9일 고양이 작가 고경원 님의 제안으로 시작되었다.

거기 그렇게 앉아 있지만 말고, 함께 걸어 볼까요?

약초가 몸에 좋다고 해서
이렇게 깔고 앉아보았다.
역시 푹신하고 몸에 좋은 것 같다냥!

SEP
08

고양이만큼 외모에 오랜 시간을 투자하는 동물도 없을 것이다.

APR | 22

고양이가 사람의 친구가
되어주는 것은
꼭 그래야만 하기 때문이 아니라
그들이 좋아서
그렇게 하는 것이다.

칼 뱅 베흐텐

한낮의 더위는 여전해서

그 늘 휴 게 소 마 다

고 양 이 가   붐 빈 다 .

SEP
06

목련과 고양이만으로도

충분히 아름다운 봄이에요.

삼

총

사

고양이는 가만히

목련
지
는

소리를 듣는다.

길냥이용 천연원목 스크래처.

SEP

04

노랑이야, 고등어야.
오래오래 잊지 말자.
함께 뒹굴던
목련나무 아래를….

꼼꼼히 닦아야지!

울 엄마가 그러는데,

세 달 버릇 여섯 살까지 간다고 했어.

우린 서로
목표가 다르고,
각자의 길을
갈 뿐이지.

세월 참 빠르다.
지구에 산 지도
벌써 6개월이나
지났구나!

SEP
02

APR | 28

노랑이는 언제나 옳지만,
언 제 나 장 난 이 심 하 다 .

그렇게 빤히 쳐다보지만 말고,
먹을 거라도 좀 가져와 봐!

돌단풍을 심었더니
고양이꽃이 피었어요.

APR | 29

SEPTEMBER
09

바야흐로 하늘은 높고,

고양이는 살찐다는 천고묘비의 계절입니다.

더위가 한풀 꺾이면서 아침저녁으로는 제법 선선한 가을바람이 붑니다.

여름내 지쳐 있던 고양이들도 다시 활기를 되찾고,

본연의 똥꼬발랄한 모습으로 돌아왔습니다.

길가엔 코스모스가 하늘거리고, 논에서는 누렇게 벼가 익어갑니다.

파란 하늘에는 뭉게구름이 떠서

고양이의 맑은 눈 속에도 두둥실 가을이 흘러갑니다.

날이 좋아서 마실 가는 고양이의 발걸음도 경쾌하고,

높이 치켜올린 꼬리도 승천할 기세입니다.

더러 고양이 수발을 들면서 '네네, 직장상사가 여기 또 있었네요.' 하고 생각하지만,
감히 고양이를 직장상사와 비교하는 건 참으로 모욕적인 일인 것이다, 고양이에게는.

고양이와 악수놀이 중.

MAY
05

햇살은 좋고, 바람도 적당합니다.

신록의 계절답게 산과 들은 온통 초록으로 물들었습니다.

텃밭에선 옥수수와 감자가 자라고, 써레질이 끝난 논에선 모내기가 한창입니다.

급식소에서 나오는 고양이들의 발걸음은 날아갈 듯 가볍고,

나무 그늘에 앉아 털을 고르는 고양이의 엉덩이는 들썩입니다.

마당에서 노는 고양이는 저마다 오묘하게 빛나고,

나무 아래서 나른하게 조는 고양이는 초록과 절묘하게 어울립니다.

그러고 보면 고양이가 가장 빛나는 순간은

역시 자연과 함께 있을 때라는 생각이 듭니다.

고양이에게 연민이나
미련의 감정 따위 없다는 말은,

과거에 연연하지 않는다는 것.
뒤를 돌아보거나 자책하지 않는다는 것.

계속 누워만 있었더니
피곤해서
좀 자야겠다옹!

MAY
01
근로자의 날

그깟 일로 의기소침할 필요 없어.

그늘이 　필요한 　이유.

02

덥지 애들아! 내가 나뭇잎 부채라도 부쳐줄게.

넘어진 김에   쉬   었   다   가자.

늘 태평해 보이는 사람들도
마음속을 두드려보면
어디에선가
슬픈 소리가 난다.

나쓰메 소세키, 〈나는 고양이로소이다〉 중에서

고양이가 있는 항아리라서
냥독대라 부른다.

MAY
04

바쁘세요?
하늘 한번 바라볼 틈도
없으신가요?

AUG
26

나도 어린이날에
선물받고 싶다냥!

MAY
05
어린이날

등나무 그늘이 시원하니 참 좋다옹!

뜬금없이 진지한 눈빛.

알 고 보 면
파리 한 마리 앉았을 뿐.

캬아, 물맛 참 좋다.

급식소가 있는 시골의 마당은 어김없이 고양이 마당이 된다.

낚시하러 온 것 같은데,
낚 시 안 하 세 요 ?

금낭화 아래서
까무룩 꽃잠을 잔다.

MAY

08

어버이날

엄마 껌딱지.

AUG | 22

시골 고양이의 흔한 산책로.

MAY
09

고 양 이 는   사 랑 입 니 다 .

고양이에게는
이 세상의 모든 것이
고양이의 소유물이다.
영국 속담

MAY
10

매일 아침, 고양이 스트레칭으로 피로야, 가랏!

깻잎머리
자매.

MAY
11

현실   마네키네코.

"여기서 나가는 길 좀 가르쳐줄래?"
"그건 네가 어디로 가고 싶은가에 달렸지."
"어디든 상관은 없는데."
"그럼 아무 데나 가면 되지."
"어딘가 도착하기만 한다면야."
"그럼 넌 분명히 도착하게 돼 있어. 오래 걷다보면 말이지."

루이스 캐롤, 〈이상한 나라의 앨리스〉 중에서 고양이 체셔와 앨리스의 대화

MAY
/
12

씩씩하게 올라왔지만,
쓸쓸하게 내려가야 할 때도
있는 법이다.

AUG | 18

하루하루
진부함과 싸우고,
불평등과 싸우고,
위선과 모순과 꼰대와 싸우느라
힘드시죠?

MAY
13

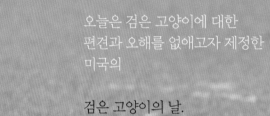

오늘은 검은 고양이에 대한
편견과 오해를 없애고자 제정한
미국의

검은 고양이의 날.

옥수수가 자라는 동안
아 깽 이 는   어 느 새
캣초딩이 되었다.

MAY
14

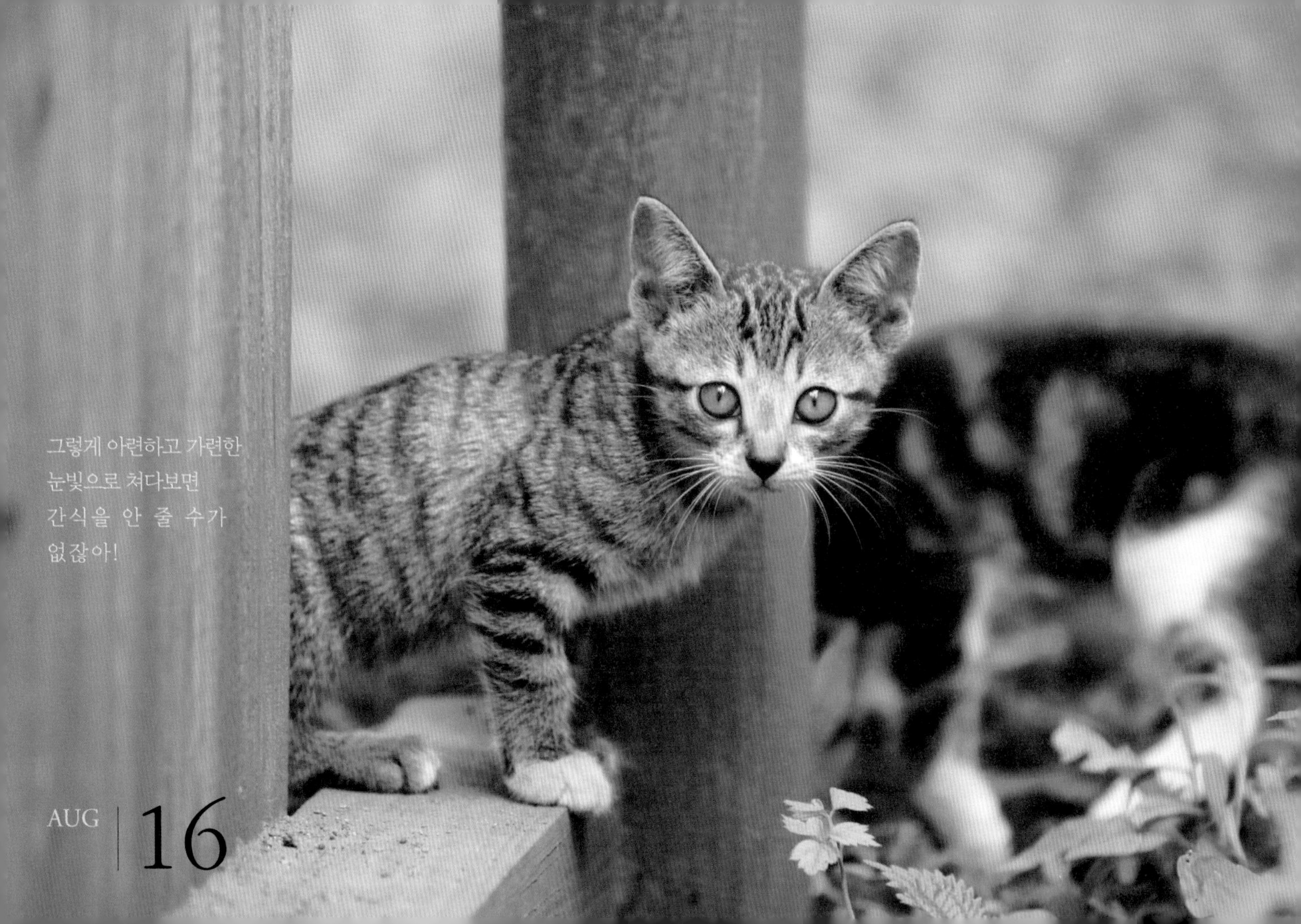

그렇게 아련하고 가련한
눈빛으로 쳐다보면
간식을 안 줄 수가
없잖아!

AUG | 16

이 토지의 소유주는 인간이지만, 이 영역의 소유주는 고 . 양 . 이 . 다 .

광복절,
고양이에게도
빛나고 복된 날이
오기를….

아무도
고양이를
미워하지않는
세상이
오기를….

AUG | 15
광복절

악당과 고양이는 높은 곳을 좋아한다.

AUG | 14

누가 뭐래도
고양이가

꽃보다
아름다워.

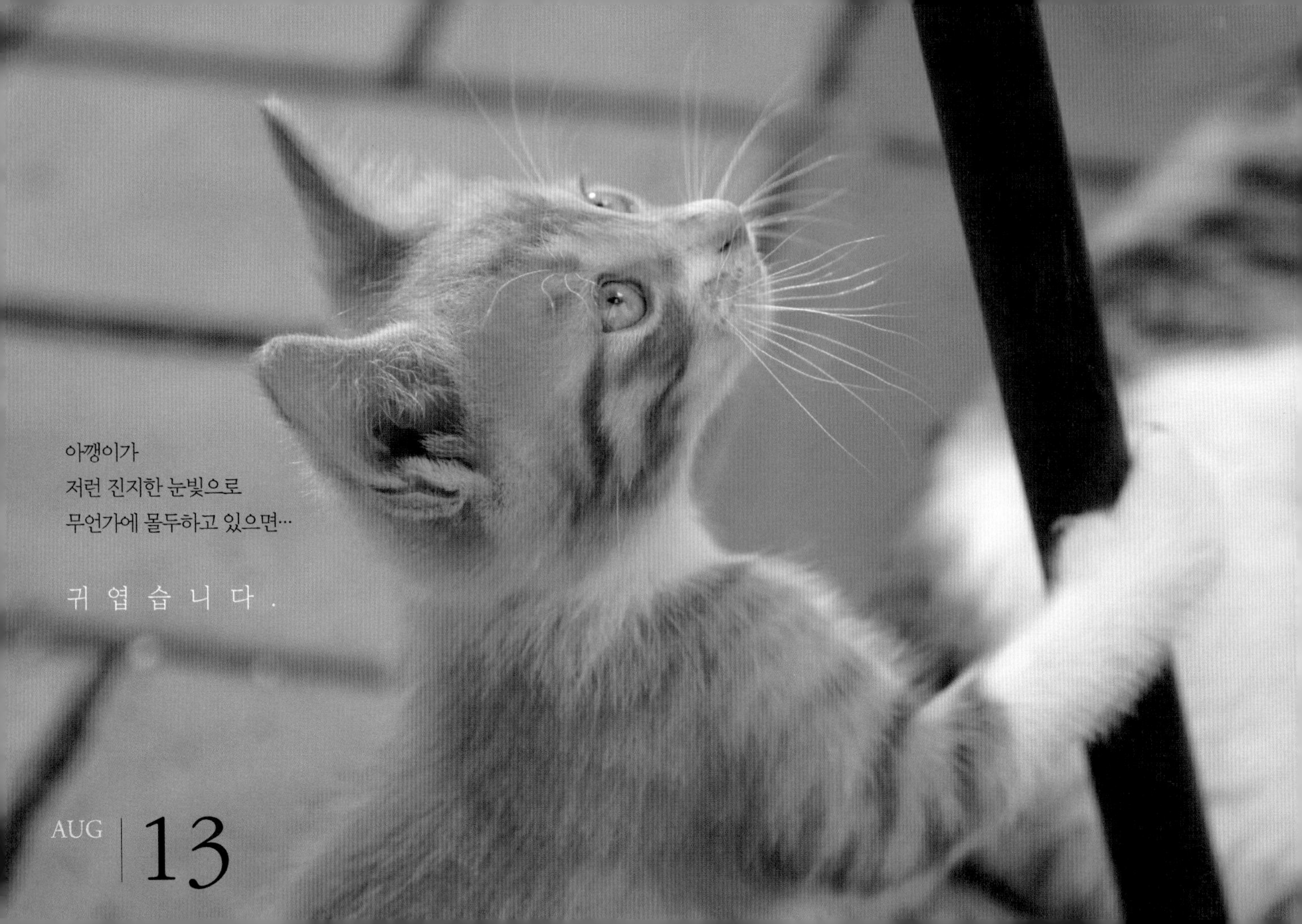

아깽이가
저런 진지한 눈빛으로
무언가에 몰두하고 있으면…

귀 엽 습 니 다 .

AUG | 13

오늘도 걷는다.

엄마만 옆에 있으면 용기백배!
세상 무서울 것이 없다.

MAY

19

고양이에게는 가던 길 잘 가다가

갑 자 기 그 루 밍을 하 는 엉뚱미가 있 다 .

그냥 자라. 예의상 눈 안 떠도 된다.

AUG | 11

길에서든 숲에서든
고양이를 만나는 건
언제나 행운이다.

MAY
20

아이와 고양이는 얼마든지
친 구 가 될 수 있 습 니 다 .

AUG | 10

고양이는 역시
자 연 과 함 께 있 을 때
가장 자연스럽다.

반갑고 고마운 마음을
이렇게 온몸으로 표현하는
동물도 드물 것이다.

AUG | 09

인간과 고양이 사이에는
꿈결 같은 유리가 가로놓여 있다.

인간은
시간의 연속성 속에 살지만,

고양이는
순간의 영원 속에 살기 때문이다.

보르헤스

세계 고양이의 날.
세계 고양이의 날은 인류의 가장 오랜 친구이자 반려동물인
고양이를 인정하기 위해 2002년 세계동물복지기금(IFAW)과
여러 동물단체가 모여 제정하였다.

기막히게 따뜻한 곳을
잘 찾는 고양이,
기 막 히 게 시 원 한 곳 도
잘 찾는다.

MAY
23

AUG | 07

사막여우 닮았어!

심신이 찌뿌듯할 때는 고양이 자세를 따라 해보세요. 효과 만점입니다.

MAY
24

점박이든
노랑이든
고등어든
삼색이든
고 양 이 는 다 귀 여 워 !

AUG | 06

고양이 몽상가의 한때.

MAY

25

인간은 약한 존재이다.

특히 고양이 앞에서는….

AUG | 05

팀장님!
쉬는 날에는 제발
까똑거리는 것 좀
보내지 마세요.

MAY
26

만약 주인 없는 길고양이와
친구가 되는 법을 아는 사람이 있다면,
그 사람은 언제나 운이 좋을 것이다.

미국 속담

AUG | 04

너희

목소리가

들려 ~

MAY

27

AUG | 03

날이 더우니 고양이들이 주목나무를 해먹으로 삼았다. 그래 거긴 좀 시원하냥?

처음에는 사진 찍기를 허
락해준 고마움으로 고
양이에게 먹을 걸 바쳤
지만, 지금은 고양이에
게 먹을 걸 바치는 게 좋
아서 사진을 찍고 있다.

MAY

28

고양이가 지대한
관심을 두는 것들은

대부분 우리에겐
관심이 없는 것들이다.

AUG | 02

쥐의 정의보다 고양이의 난폭함이 낫다.

아랍 속담

MAY
29

날이 더워서 고양이도 녹아내렸다.

AUG | 01

꼬리 바짝 세우고, 오늘도 당당하게! 주눅 들지 말자.

MAY
30

AUGUST
08

연일 계속되는 폭염입니다. 고양이들도 더위에 지쳐
자리 좋은 그늘마다 축 늘어져 있습니다. 이맘때 시골의 고양이들은
뙤약볕을 피해 야산이나 숲으로 피서를 가기도 하는데,
한낮의 열기가 식을 때쯤에야 내려오곤 합니다.
태어난 지 얼마 안 되는 천방지축 아기고양이들도
더운 날에는 기척도 없이 낮잠을 자다가 저녁이 다 되어서야
꼬리를 치켜세우고 나타납니다.
녀석들은 태어나 처음으로 세상의 뜨거운 맛을 알아가는 중이죠.

그렇게 어린 고양이는 하루하루 뜨겁게 살면서
베테랑 고양이로 성장해갑니다.

이 구역의 멋쟁이,

가만히 손들어봅니다.

MAY
31

얼굴이 탈까 봐
나뭇잎 모자를 써봤다.

JUNE
06

골목의 끝에서, 담장 아래서 이따금 아기고양이의
삐약거리는 소리가 들려옵니다.
이른바 '아깽이 대란'이라 불리는 시기를 맞아
여기저기서 꼬물꼬물 아기고양이들이 세상 밖으로 첫발을 내딛습니다.
마치 "지구에서 고양이로 살게 되었습니다!" 하며 신고식을 치르듯,
녀석들은 고양이답고 우아하게 '캣워크'를 선보입니다.
어떤 녀석은 호기심 반, 두려움 반으로 인간과의 첫 대면을 경험하고,
어떤 녀석은 본능적으로 줄행랑을 칩니다.

지구에서 그것도 한국이란 곳에서 살아갈 녀석들을 생각하면 걱정이 앞서지만,
부디 좋은 사람 만나서 좋은 인연 이어가기를 손 모아 빌어봅니다.

이렇게라도 스트레스를 풀어야겠다옹!

JUL
30

오늘은 아깽이 젤리나 만지작거리면서
고양이 만화책을 아무 데나 펼쳐서 읽고 싶은 날.

이 동네 주인공은 나야, 나!

JUL
29

인간의 마음을 훔 치 러 이 세상에 왔다.

날도 더운데, 뽀뽀 같은 건 좀 생략하면 안 되냥?

JUL

28

동굴의
요정.

오늘은 나에게 좀 더 관대해지자.

동굴의 요정 모임.

무심한 듯 새침하게.

JUL
26

고양이에 대해
이러쿵저러쿵 말하는 건 자유지만,
먹을 걸 주는 건
의무라는 것을 잊지 마라.

05

의심하라,   모든
인간을.

JUL
/ 25

너희를
심장폭행범으로
평생
사료급식의
엄벌에 처한다.

June
06
현충일

마루에 고양이
한두 마리쯤
다 있는 거잖아요.

JUL
24

고등어와 참나무의
묘한 조화.

역시나 꽃보다 고양이.

JUL
/23

밥 먹으러 왔어요
늦지 않았나요?

June

08

꽃과 비교하는 거 기분 나쁘다옹!

JUL

22

네가 바라보는 세상이
조금 더 아름답기를….

고양이는 인간이 하는 일 중
자신에게 먹을 걸 주는 일 이외의
어떤 일도 시간 낭비라고 생각한다.

JUL
21

잠시 고양이와 눈. 맞. 춤. 하세요

고무 대야를 마당에 내놓으면 흔히 일어나는 일.

JUL
20

June

11

지구 정복은 귀찮으니까,
인간들이 알아서 해.
대신 너희들은
우리에게 복종하고.

하찮고 귀여운 고양이를 위해

초 록 은   빛 난 다 .

JUL
19

하나가 둘이 되는
고양이 텃밭 재배,

어
렵
지

않
아
요

J u n e

12

'냥아치'의 세계에서는 역시 보스보다
행동대장이 무서운 법이다.

JUL

18

고양이네 야채 가게.

심심한 걸 못 참는 아깽이는
없는 놀이도 만들어서 노는 재주가 있다.

JUL

17

제헌절

세상에
첫발을 내딛는
모든 아깽이를
응원합니다.

남의 충고 따위 됐다고 그래.
난 ,
내 갈 길 간다 .

고양이는 아홉 개의 삶을 산다.
세 개의 삶은 놀이를 하며 지내고,
세 개의 삶은 방황하며 지내며,
나머지 세 개의 삶은 한곳에 머물며 지낸다.

영국 속담

고양이를 좋아하는 편집자만이 마감을 지키지 못한 작가의
"내 고양이가 없어져서요."라는 변명을 이해할 수 있을 것이다.

냥 지 창 조.

고
양
이

정
원.

14

고양이처럼 얼굴 표정을 통해
자신의 기분을 분명하게 나타내는 동물은 거의 없다.

콘라드 로렌츠

졸린 엄마냥이와
궁금한 게 너무 많은 아깽이들의
한 가 로 운 오 후 .

June
———
18

오랜만에 비가 그친 급식소에 손님들이 붐빈다.

JUL

12

급식소 손님들이 밥 때 가 늦 었 다 며   연좌 농성 중이다.

아 이 고 누 추 한 분 이
이 귀 한 곳 까 지···.

JUL

11

낮잠을
부르는

풍 경

고양이에게 우산을 내준
할머니의 마음.

내 마음은 너에게로

직
진.

21

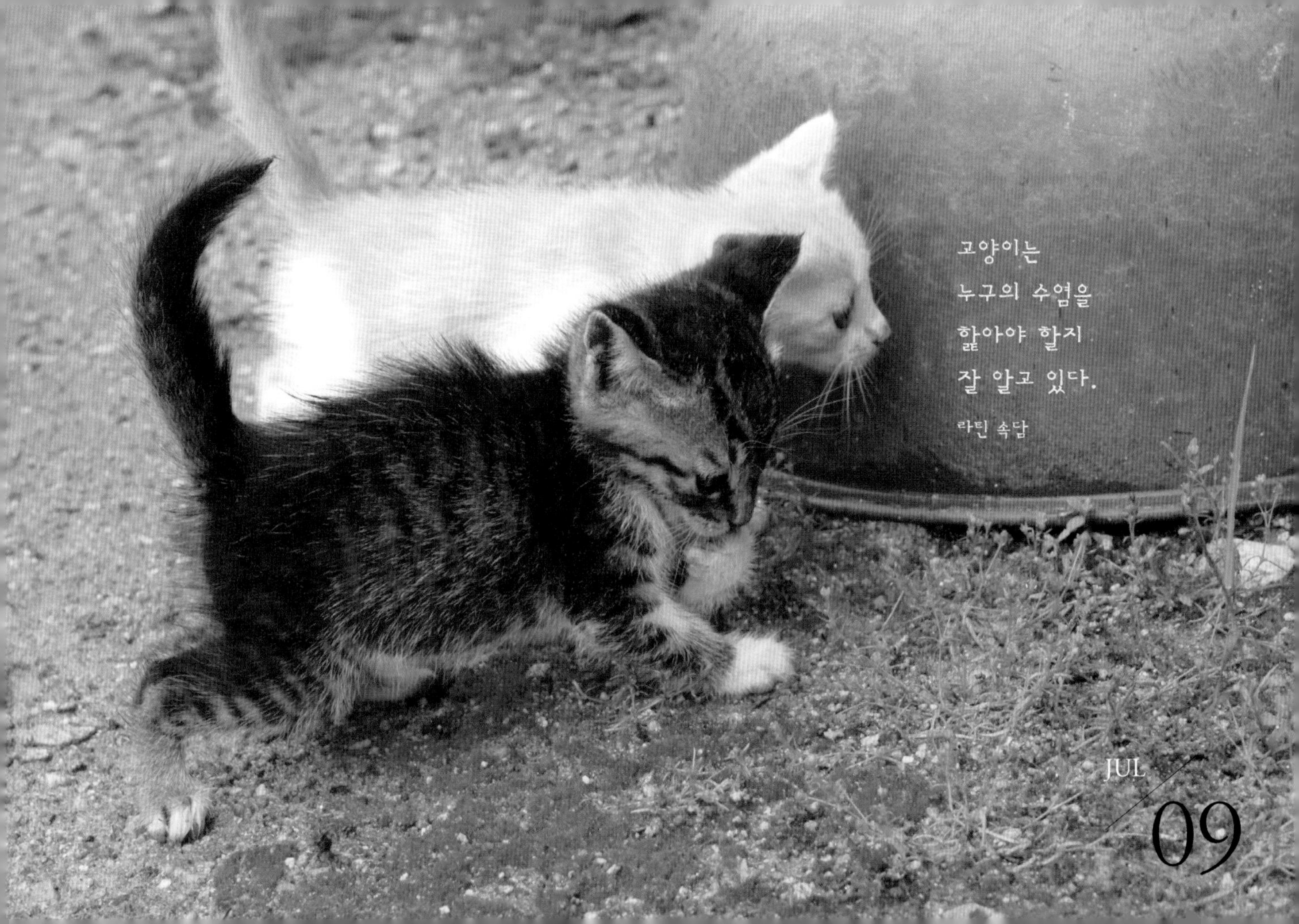

고양이는
누구의 수염을
핥아야 할지
잘 알고 있다.

라틴 속담

JUL
09

내 코에  하트 있다.

내 신발 위의
고양이.

뜨거운 양철지붕 위의 고양이.

JUL
07

나무에
탐스럽게
고 양 이 열 매 가
열렸어요.

June
24

고양이의
이해할 수 없는 행동을
굳이 이해하려
애쓸 필요 없어요.

JUL
06

"나 크림색 아깽이야!"

자세한 설명은 생략하겠다.

June

25

그렇게 서두르지 않아도 인생은 충분히 짧아요.

집에서 기다릴 아깽이 먹일 생각에
어미고양이의 발걸음도 경쾌하구나.

고양이는 일생의 3분의 2를
잠 으 로 보 낸 다 는 거 ,
이거 실화냐?

JUL
04

누구에게나 혼 자 만 의 시간을 누릴 나만의 공간이 필요한 법입니다.

우울한 마음을 달래고자
귀여움을 소환했다.

JUL
03

누구나 처음에는
서툴고 두렵습니다.

서두르지 않아도 됩니다.

천천히 다가오세요.

June
28

방해하지 말고
그 냥 못 본 척
지나가 주세요

JUL
02

형제는 심심했다.

그래, 인간아!
지 금 처 럼
나를
떠받들고 살아라.

JUL
01

30

인간은 개를 길들이고,
고양이는 인간을 길들인다.

마르셀 모스

*이 페이지를 넘긴 후 달력을 반대로 돌려주세요.

JULY
07

가뭄 끝에 비가 옵니다. 장마철이 시작되었습니다.

가뭄을 해갈하는 단비가 오는 것은 반가운 일이지만,

몇 날 며칠 폭우가 이어지면 아무래도 고양이가 걱정입니다.

밥은 굶지 않을까, 급류에 떠내려가지는 않을까.

다행히 안전한 곳으로 피신한 고양이들은

온 가족이 옹기종기 모여앉아 모처럼 수다를 떱니다.

어쩌면 밥 배달하는 캣맘의 흉을 보고 있는지도 모르겠군요.

장마가 끝나도 한동안 후덥지근한 날씨가 계속됩니다.

이런 날씨에 털옷까지 껴입은 고양이는 얼마나 더울까요?

모기는 또 어찌나 기승을 부리는지. 아랑곳없이 고양이는

여름의 뜨거운 열기 속으로 뚜벅뚜벅 걸어 들어갑니다.